Ta książka należy

Imię:

Nazwisko:

Podarowana przez:

Data:

NajlepszyPrezent.pl
TWOJA KSIĘGARNIA INTERNETOWA

Tytuł oryginału – *Je commence à lire avec… Martine. La nouvelle élève*
Redakcja – Anna Belter
Korekta – Eleonora Mierzyńska-Iwanowska
Opracowanie graficzne – Marek Nitschke

Je commence à lire avec… Martine. La nouvelle élève –
książka stworzona przez Gilberta Delahaye'a i Marcela Marliera/Léaucour Création
Oryginalne wydanie w języku francuskim © Casterman
Wydanie polskie © Publicat S.A. MMXI, MMXIV

Opublikowano na mocy umowy z Editions Casterman

ISBN 978-83-245-7483-4

Papilon
jest znakiem towarowym Publicat S.A.

Publicat S.A.
61-003 Poznań, ul. Chlebowa 24
tel. 61 652 92 52, fax 61 652 92 00
e-mail: papilon@publicat.pl
www.publicat.pl

Zaczynam czytać z Martynką

Tekst polski — Liliana Fabisińska

Nowa koleżanka

Papilon

Wakacje za nami. Martynka wraca do nauki. Hurra! Jest taka ciekawa, kto z jej klasy był latem nad jeziorem, a kto u babci na wsi.

— Witaj, Martynko! —
woła Renatka.

— Hej, hej! — odpowiada
Martynka. I zaraz kiwa
do Karolinki: — Karolinko,
to ty? Ale ci włosy urosły!

— Beatko, jaki fajny kuferek.
Mama ci kupiła? —
dopytuje Ala.

Jak miło znowu być razem!

— Nie wiem, jak trafić do klasy drugiej. — Nieznajoma prosi o pomoc. Martynka wskazuje jej kierunek i dodaje: — To moja klasa. Jestem Martynka, a ty? — A ja Cyntia — odpowiada tamta niepewnie.

— Jaka duza ta nasa skoła. — Cyntia jest zdumiona.

— Jaka duża ta nasza szkoła — wymawia poprawnie Martynka. — Duża. Ż. Szkoła. SZ. Masz kłopot z tymi głoskami, tak?

— Tak. Jestem z Indii…

— Z Indii? Tam musi być wspaniale! Macie słonie,

prawda? My nie,
ale tutaj też jest miło –
zapewnia Martynka.

— Oto nowa osoba
w naszej klasie — oznajmia
pani. — Cyntio, zajmij
miejsce w ławce. Witamy!

— Koło mnie jest wolne! —
woła Martynka. — Ja i Cyntia
rozmawiałyśmy w szatni.
Ona jest z Indii.
— To w Afryce, tak? —
Hania nie jest pewna.
— Macie tu globus, poszukajcie
sami — proponuje pani.
— Azja! To jest Azja,
a nie Afryka — woła Hania.

Martynka biegnie
do biblioteki, Cyntia
nie zostawia jej ani na krok.
— Pani zadała nam trudne
wypracowanie. — Martynka
opowiada Cyntii. — Mam

opisać
gada albo
płaza,
jakby to był
kolega z klasy.
Co za pomysł!
— Fajny! — Cyntia jest
zafascynowana. — Zrobimy
to zadanie razem, jeśli pani
nam pozwoli.

Trwa pauza. Z boiska
dobiega wesoły gwar.

— Może mogłabym
tam na moment iść? —
pyta Cyntia.

— To wspaniały pomysł! —
Martynka odkłada gady
i płazy na bok. — Pora
na kilka minut rozrywki
na boisku.

— Martynko, ty grasz w klasy, zamiast być na zebraniu redakcji?
— Asia jest zdumiona. —

Robimy nowy numer gazetki, zapomniałaś?

– Ojej, zapomniałam! – Martynka jest zła na siebie. Jak mogła zapomnieć...

– No już, biegnij – mruga okiem Asia. – Nie damy rady bez ciebie. Marek nie pozwoli nikomu omawiać nowego numeru bez jego ulubionej redaktorki.

— Moje panny i panowie,
sala wolna, pora na trening. —
Pani Ilona wpada na zebranie
redakcji. — Gimnastyka

pomaga nie tylko ciału, ale i umysłowi. No już, zakładajcie stroje sportowe i trampki.

Co robić? Pani od gimnastyki nie lubi lenistwa. Pora na trening i tyle. Nawet Weronika musi tam być, mimo że ma zwolnienie od ortopedy.

— Cyntio, pora na obiad!
Nie każ mi znowu prosić —
namawia Martynka.

— Ja nie jem wołowiny. —
Cyntia nie lubi o tym
opowiadać. Krowa
jest dla Hindusa
nietykalna. Ale we
wtorek akurat nie ma
wołowiny, tylko makaron

z sosem pomidorowym.

Cyntia zajada z apetytem.

Po posiłku pora na kolejne lekcje. Tym razem plastyka.

— Malujemy postaci z bajek —
zapowiada pani Helenka.
Martynka od razu wie, kogo
namaluje. „Mała Syrenka"
to jej ulubiona bajka.
— A ty, Karolinko? —
pyta pani.
Karolinka długo duma.
W końcu decyduje:
— Wybieram Kopciuszka.

Pauza! Teraz ulubiona zabawa
Martynki — kalambury.

— Ta zabawa polega na tym,
że pokazujemy hasła.
Nie wolno użyć ani jednego
słowa, rozumiesz? — wyjaśnia
Martynka.

— Ale fajnie! —
Cyntia bije brawo.
— To ślimak! A teraz
sowa! — odgaduje od razu
zagadki Martynki. —
A to… Ojej, to trudne.
— Pokazywałam wieloryba!

27

Koniec pauzy. Malujemy
dalej. Agatka rysuje psa.
— A u ciebie na obrazku
jest wielki ptak. — Pani
Helenka nie wie, co to
za bajka.
— To kruk z bajki o rudym
kotku — wyjaśnia Magda.
— Nie znamy takiej bajki —
woła Iza. — Opowiesz nam?

I Magda opowiada całej
klasie o kruku i rudym kotku.

Pora powiesić obrazki na ścianie

— Tu jest teraz jak w galerii —

bije brawo Martynka.

I pomaga Agatce zawiesić

wysoko jej obrazek.

Jest taki

ładny!

— Masz wielki talent. — Pani Helenka także tak myśli. — Brawo, Agatko!

— Kolejka Marcina też jest udana. — Agatka nie pozwala, żeby kolega był smutny.

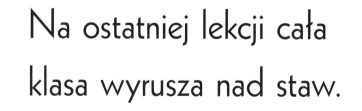

Na ostatniej lekcji cała
klasa wyrusza nad staw.

— Ile tu żabek! — woła
wesoło Martynka. —
Tam jest taka malutka.
A jak głośno kumka!
— Ojej, a tam pływa
złota rybka! I druga
rybka, jaka wielka! — Cyntia
jest zdumiona. W małej wsi
w sercu Indii nie było tylu żab
i ryb. Nie było nawet stawu.

— Pora wracać do klasy —
postanawia pani. —
Zabieramy dwie kijanki.

Wpuścimy je do akwarium.
Pewnego dnia zamiast kijanek
34 spotkacie tam żaby.

— Żaby? No tak, kijanka
to mała żaba. — Martynka
rozumie ten plan.

Koniec lekcji.

Na parkingu

jest już tłum.

— Mamo!

— Tato!

— A mnie ciocia odbiera!

   — Babciu, tu jestem! Tu!

Każdy ile sił biegnie

do swojego opiekuna.

— Pa, pa, do jutra! —

dobiega z prawej i z lewej

strony.